Le mari de madame de Solange

Émile Souvestre

(Editor: O. B. Super)

Alpha Editions

This edition published in 2024

ISBN : 9789366384849

Design and Setting By
Alpha Editions
www.alphaedis.com
Email - info@alphaedis.com

As per information held with us this book is in Public Domain.
This book is a reproduction of an important historical work. Alpha Editions uses the best technology to reproduce historical work in the same manner it was first published to preserve its original nature. Any marks or number seen are left intentionally to preserve its true form.

Contents

BIOGRAPHICAL SKETCH. .... - 1 -
I. .... - 2 -
II. .... - 7 -
III. .... - 16 -
IV. .... - 26 -
V .... - 32 -
NOTES .... - 42 -

BIOGRAPHICAL SKETCH.

EMILE SOUVESTRE was born at Morlaix in Brittany, April 15, 1806. His father was a civil engineer, and he intended following the same profession. After his father's death he changed his mind and began to study law, but being ambitious to shine as a writer he soon abandoned the law also.

His first literary work was a drama entitled "The Siege of Missolonghi," but this, like many other works of its class, was never produced on the stage. The misfortunes of his family soon compelled him to devote himself to making money, and in 1828 he became a book-keeper in Nantes. He did not, however, entirely renounce literature, but published numerous articles in various periodicals, the most noted of which was a series entitled "Les Derniers Bretons," which appeared in "La Revue des Deux Mondes." These established his reputation as a writer of taste, and during the next twenty years he wrote a large number of stories and tales, most of which were originally published in newspapers and reviews. His constant aim was not only to please the reading public, but also to inculcate the principles of sound morality.

His next venture was the co-principalship of a private school at Nantes, but he soon resigned his position and became the editor of a paper at Brest. This he was soon compelled to give up for political reasons, and he then accepted a professorship of rhetoric in the same place, and afterwards in Mühlhausen.

The professor's chair, however, does not seem to have been congenial to his tastes, for in 1836 he removed to Paris, determined to devote himself exclusively to literature. He took up his abode in the fourth story of a house in a retired part of the city, and of his life there he gives us charming glimpses in his "Philosophe sous les Toits." His thoroughly human and sympathetic nature made him a favorite with all who knew him, especially with the laboring classes, with whom he loved to associate. It is to this circumstance that we owe "Les Confessions d'un Ouvrier."

The State in 1848 founded an "École d'Administration," in order to train young men for the civil service, and he was made one of the professors. Here he delivered four lectures to workingmen, which were very popular; but when Louis Napoleon overthrew the republic he regarded Souvestre's lectures as dangerous to his pretensions, and they were suppressed.

In 1851 the French Academy awarded him a prize for his work "Un Philosophe sous les Toits." In 1853 he was invited by Vinet to visit Switzerland in order to deliver a series of popular lectures on literature, which were received with great favor. Soon after his return to Paris he died, July 5, 1854.

I.

ON se trouvait aux derniers mois de l'année 1775. Deux hommes étaient assis l'un vis-à-vis de l'autre auprès d'un bureau chargé d'*in-folios* ouverts, de parchemins timbrés et de sacs à procès.[1]

Le costume du premier annonçait l'un des plus brillants gentilhommes de la cour de Louis XVI, tandis que le second portait l'habit de drap noir et le jabot en organdi, qui désignait alors l'homme de loi d'une manière presque certaine.

—Ainsi, maître Durocher, reprit le jeune seigneur comme s'il eût voulu résumer les renseignements que le notaire venait de lui fournir, vous m'assurez que la fortune de madame de Solange ne monte pas à moins de cent mille livres[2] de revenu; qu'elle est liquide de toute dette et susceptible d'augmentations.

—Je puis vous l'affirmer, répondit le notaire.

—Fort bien; mais vous n'êtes point seulement un habile praticien, maître; tout ce que vous m'avez appris jusqu'à ce jour des personnes que je voulais connaître, l'expérience l'a justifié; voulez-vous me donner une nouvelle preuve de vos lumières?

—Monsieur de Lanoy peut compter en toute occasion sur mon dévouement, répondit le notaire sérieusement.

—Eh bien! dites-moi ce que vous savez de madame de Solange et ce que vous en pensez.

Durocher sourit.

—Je pense, monsieur le comte, dit-il, que c'est le plus grand homme d'État de l'époque et que tous les autres ne sont auprès d'elle, que des femmes de ménage.

Le comte regarda Durocher avec étonnement.

—Mon Dieu! qu'a-t-elle donc fait de si miraculeux? demanda-t-il.

—Elle donne des bals où vous dansez, et elle est reçue chez M. de Choiseul![3] répondit le notaire; cela peut vous paraître peu de chose, M. le comte; mais, pour arriver là, il lui a fallu plus de volonté et de suite[4] qu'à nos ministres pour faire la guerre d'Amérique.[5]

—Ah! je comprends; on m'a dit, en effet, que son père n'était point noble.

—Son père était porte-balle, M. le comte, puis prêteur sur gages.[6] Il mourut en laissant deux millions. Une bourgeoise ordinaire se fût contentée d'en jouir; mais madame de Solange voulait être de la cour. Concevez vous?

être de la cour quand votre père a vendu des chaussettes de laine! Il fallait d'abord un mariage qui fît oublier son origine. Elle eût pu trouver un duc ou un marquis ruiné par le jeu; il y en a toujours quelques-uns dont la noblesse est en vente pour les filles d'enrichis; mais, en épousant, il eût fallu payer des dettes, subir des insolences, et la fille du porte-balle voulait avant tout un mari docile.

—Et elle le trouva?

—Elle découvrit un pauvre gentilhomme qui consentit à lui donner son nom sans stipuler aucun avantage au contrat: c'était M. le marquis de Solange. Le malheureux l'épousa seulement pour avoir un habit de noces. Elle avait eu raison de penser qu'un tel mari la laisserait maîtresse de tout; mais elle s'était trompée en espérant l'utiliser. M. de Solange avait pris une femme comme la plupart des gentilshommes prennent un emploi: pour ne rien faire. Nature timide, il n'avait jamais reculé son horizon au-delà d'un bonheur vulgaire; c'était un de ces hommes qui vivent pour ainsi dire au clair de lune de toutes les pensées et de toutes les passions.[7] Aussi, une fois assuré de ses quatre repas, se croisa-t-il philosophiquement les bras. Madame de Solange tenta en vain d'exciter son ambition, de le pousser, de le produire; elle avait beau souffler son âme dans ce corps endormi, y faire entrer sa volonté, penser, parler, marcher pour lui, rien ne pouvait réveiller sa paresseuse nature. Pendant dix ans, elle a continué cette rude tâche; elle a porté M. de Solange dans ses bras, comme un enfant, sur toutes les routes du crédit, elle l'a conduit à toutes les portes du pouvoir, et toujours le corps sans âme est retombé de son haut: c'était la roche de Sisyphe.[8]

—Elle a enfin renoncé pourtant?...

—Oui, mais alors elle s'est vue forcée de défaire tout ce qu'elle avait fait. Pour pousser le marquis, elle lui avait créé une importance artificielle; elle s'était étudiée à lui donner l'air du chef de la famille et n'avait agi, pour ainsi dire, que sous son enveloppe. Une fois son impuissance reconnue, il fallait lui retirer, une à une, toutes les forces qu'elle lui avait prêtées; il s'agissait enfin, après avoir passé dix ans à faire prendre un fantôme pour un homme, de rejeter ce fantôme dans le néant et de se mettre à sa place sans avoir l'air de rien déranger.

—Et madame de Solange a réussi?

—Elle a réussi. Son mari est rentré insensiblement dans l'ombre. Les habitudes indépendantes qu'elle lui avait données pour le faire valoir, elle les lui a reprises jour par jour. On a vu cette individualité s'éteindre comme on l'avait vue se former. Elle a réaccoutumé le monde à ne voir qu'elle, à ne connaître qu'elle. Elle seule est riche, elle seule est influente, elle seule existe.

Le nom de son mari même lui appartient; c'est elle qui le porte; lui, on l'appelle *le mari de madame de Solange.*

—Et il a consenti à cette annulation?

—Non pas sans lutte. Comme on touchait à ses habitudes, il a d'abord résisté; mais que pouvait une aussi frêle intelligence contre la terrible volonté de cette femme? Aujourd'hui le mari de madame de Solange est un vieillard presque en enfance, que l'on soigne à part dans un appartement retiré et que la voix de sa femme fait trembler. Nul ne lui obéit, et les étrangers mêmes n'y prennent point garde. Il est chez la marquise comme un portrait de famille accroché au mur. Il ne parle à personne et personne ne lui parle. Sa fille seule, sortie du couvent depuis quelques mois, lui témoigne une affection dont il semble heureux; mais cette consolation lui sera bientôt enlevée, car madame de Solange n'a point renoncé à ses projets ambitieux et sait par expérience que les efforts d'une femme seule ne peuvent conduire bien loin. Aussi ne tardera-t-elle pas à marier demoiselle Jeanne, et ce qu'elle n'a pu faire par son mari, elle l'essayera par son gendre.

—Et j'espère qu'elle y réussira, maître Durocher, dit le gentilhomme, car ce gendre est trouvé.

—Je m'en doutais,[9] dit tranquillement le notaire.

—Et vous le connaissez?

Durocher leva la tête avec une sorte d'étonnement.

—Monseiur le comte a bien mauvaise opinion de mon intelligence aujourd'hui, dit-il en souriant.

De Lanoy lui frappa sur l'épaule.

—Eh bien! oui, Durocher, dit-il, on m'avait proposé ce mariage, et tout ce que je viens d'apprendre me décide. Vous savez dans quel état le désordre et les procès de ma mère m'ont laissé; il faut qu'une riche alliance rétablisse ma fortune et me permette de prendre une maison digne de mon rang. Quant à la naissance de madame de Solange, ce sont de ces choses au-dessus desquelles doit se mettre un esprit éclairé. Que la noblesse ait ses privilèges, c'est de droit, et personne, je pense, n'y peut trouver à redire; mais je partage, du reste, l'avis de notre grand poète:[10]

"Les mortels sont égaux," etc.

Dans notre siècle, il faut de la philosophie, mon cher Durocher. La dot de la petite me servira d'ailleurs à acheter une charge importante; avec mon nom je puis arriver à tout.

—Ainsi, monsieur le comte ne s'effraie point de l'ambition de madame de Solange?

—Loin de là, mon cher, je m'en réjouis! Ne pouvant arriver que par moi, elle n'épargnera rien pour me pousser en avant. Sa fortune, ses relations, son adresse, tout sera employé à mon profit. En galanterie comme en politique, nul ne peut remplacer une vieille femme. Elle hasarde mille démarches que l'on ne pourrait faire soi-même, rend mille services qu'une plus jeune refuserait par inexpérience ou par scrupule. N'appartenant plus à aucun sexe, elle peut être la confidente de tous deux. Elle remarque ce qui vous échappe, intrigue, rampe et ment pour vous!

—Monsieur le comte peut avoir raison, dit le notaire; avoir une vieille dans ses intérêts, c'est prendre le diable à son service; on peut s'en trouver bien tant[11] qu'on ne lui vend point son âme.

—C'est à quoi je prendrai garde, Durocher, dit le comte; je veux bien que madame de Solange me mène, mais comme la poudre mène le boulet, c'est-à-dire, à condition que je serai en avant; c'est, du reste, chose facile et que je crois entendre.

—En effet, dit l'homme de loi avec un sourire où perçait l'ironie, j'ai toujours vu monsieur le comte habile à se faire des serviteurs, sans s'astreindre à leur payer de gages; aussi lui seul me semble-t-il capable de lutter contre madame de Solange; peut-être même n'aura-t-il point à s'en plaindre; quand les forces sont égales, on est juste par nécessité.

—Je l'entends ainsi, dit le gentilhomme en se levant; préparez, mon cher Durocher, un projet de contrat qui puisse être avantageux aux deux parties. J'apporte, de mon côté un nom, une position à la cour; j'ai droit à des compensations; vous y songerez. Cette note que je vous laisse vous fera connaître, à peu près, ce que je désire. Arrangez cela en termes de basoche[12] et de manière à ne point effaroucher madame de Solange. Votre projet de contrat rédigé, le duc de Lussac, qui s'est entremis dans cette affaire, le lui portera, et si les clauses lui conviennent, je me ferai présenter à la petite, que l'on dit fort passable.

—Vous ne l'avez point encore vue?

—Non, je veux savoir avant tout si nous pouvons nous entendre; un mariage est chose grave, et l'on ne doit point s'engager à la légère. Tout votre avenir peut dépendre d'un bon ou d'un mauvais contrat; quant à la femme, on a toujours le temps de la connaître. Voyez donc, Durocher, à prendre mes intérêts et à les bien assurer.

—J'y mettrai mes soins.

—Tâchez que tout soit prêt pour demain.

—Je doute que je le puisse, monsieur le comte: il y aura des recherches à faire, des titres à consulter...

—N'avez-vous point l'aide de Jérôme Bouvart, votre clerc, que vous dites aussi habile que vous?

—C'était la vérité, monsieur le comte, mais depuis quelques mois Jérôme n'est plus le même.

—Comment! Se dérangerait-t-il?[13]

—Je ne sais; il est devenu pâle et muet comme un trappiste,[14] et son esprit semble toujours en voyage.

—Le drôle est amoureux, dit M. de Lanoy en essuyant sa poudre devant un petit miroir accroché au mur.

—Je l'ai pensé tant que j'ai vu ses fréquentes visites à sa cousine chez les dames de la Visitation;[15] mais depuis deux mois il y retourne à peine.

—N'importe, Durocher, reprit le comte; il faut que vous fassiez diligence; je veux finir cette affaire, maître; je n'ai pas besoin de vous recommander la discrétion.

—Monsieur le comte ne soupçonne point mon intelligence et il connaît mon zèle.

—Fort bien. Vous serez content de moi.

A ces mots, M. de Lanoy salua de la main avec cette familiarité impertinente qui constituait, à cette époque, les bonnes manières, s'avança vers la porte, que le notaire lui ouvrit respectueusement, et disparut, en fredonnant, dans l'escalier tortueux.

II.

Le siècle de Louis XIV apparaît seul, au premier abord, dans Versailles: palais, jardins, places, rues, boulevards, tout semble marqué du même cachet de despotique splendeur. Partout éclate cette volonté inflexible du grand roi ramenant toute chose à la ligne droite et soumettant la création à la même étiquette que sa cour. Pour trouver la France des siècles suivants, il faut chercher dans les lieux écartes où se cachent les hôtels à frontons sculptés en guirlande; les petites maisons à portes dérobées, au-dessus desquelles s'entrelacent des amours;[16] les jardins à longues tonnelles et à charmilles obscures que garde une statue de femme. C'est là que la société de Louis XV, fatiguée de l'éclat symétrique du règne précédent, vint cacher ses vices entre cour et jardin, non par pudeur, mais par sensualité, car le xviiie siècle fut, avant tout, une époque de jouissance, n'appuyant sur rien, se jouant de tout et préparant sa propre ruine avec la voluptueuse frivolité de Sardanapale[17] arrangeant son bûcher.

Or, c'est dans un de ces hôtels de l'*ère Pompadour*[18] que je dois maintenant vous transporter. Bâtie quelque soixante ans auparavant au fond de la ruelle Montbauron, le pavillon de madame de Solange avait toute la richesse mesquine et toute les grâces affectées de l'époque. On y arrivait par une cour étroite suc laquelle s'ouvrait une porte latérale servant d'entrée. La façade, que l'on ne pouvait apercevoir du dehors, donnait sur une terrasse bordée de caisses d'orangers,[19] et sur un parterre presque uniquement garni de tulipes et d'hyacithes. Le reste du jardin était divisé en étroites plates bandes, encadrées de sauge, de lavande ou de romarin. Au milieu s'élevait un cadran solaire de marbre blanc, et, çà et là, quelques statues montraient leurs têtes par-dessus les buissons taillés en gobelets. Deux allées de tilleuls, placées aux deux pignons, conduisaient à un vaste berceau de vigne et de chèvrefeuille sous lequel, en été, madame de Solange recevait quelquefois ses visites.

Au moment oh commence notre histoire, un vieillard et une jeune fille s'y trouvaient seuls assis. Le vieillard portait un costume de ville d'une élégance presque coquette. Ses cheveux, soigneusement crêpés,[20] étaient recouverts d'un léger nuage de poudre; une tabatière d'émail sortait à demi d'une des poches de sa veste brodée; ses bas de soie bien tirés[21] étaient retenus par une boucle d'or ciselé, et deux roses[22] d'un grand prix étincelaient à chacune de ses mains.

Mais ce luxe ne servait qu'à rendre sa décrépitude plus visible. Son visage avait, non point cette teinte chaude et tannée, dernière fraîcheur du vieillard, mais une pâleur blafarde qui ôtait à ses rides leurs ombres et leur donnait un aspect maladif; ses lèvres, toujours entr'ouvertes, étaient agitées d'un tremblement nerveux, et ses yeux, d'un bleu tendre, avaient quelque chose de timide et de vague.

Quant à la jeune fille, elle semblait dans toute la splendeur d'une première jeunesse. L'air modeste et provoquant à la fois, elle eût pu servir de modèle à une vierge peinte par Watteau.[23] Son costume participait de cette double expression; on y sentait un reste d'habitudes du couvent déjà mêlé d'une demi-science mondaine.[24]

Elle tenait à la main une tragédie de Voltaire,[25] et la lisait à haute voix. Tout à coup elle s'interrompit, le vieillard venait de s'assoupir. La jeune fille posa le livre sur sa chaise et s'approcha doucement; mais ce mouvement lui fit rouvrir les yeux.

—Ah! je vous ai réveillé, mon père! s'écria-t-elle avec regret.

—Reste, dit-il d'une voix frêle; assieds-toi là Jeanne... plus près, plus près encore.

Elle s'accroupit aux pieds du vieillard dans l'attitude gracieuse d'une enfant qui demande des caresses.

Il posa une main sur son épaule, releva de l'autre son front et la regarda longtemps avec une sorte d'enchantement naïf.

La jeune fille sourit d'abord sous ce regard; mais je ne sais quel souvenir traversa subitement sa pensée, ses yeux se mouillèrent et elle baissa la tête.

—Qu'y a-t-il, Jeanne? demanda le vieillard, à qui ce mouvement n'avait point échappé.

—Rien, rien, mon père, répondit-elle rapidement.

—Tu me trompes. Hier encore j'ai vu que tu avais pleuré; je voulais t'en demander la cause, et ce matin j'ai oublié... Oh! ma tête! ma tête!...

—Il porta ses deux mains à son front avec l'expression plaintive d'un enfant. Jeanne voulut l'entourer de ses bras; mais il se dégagea doucement, jeta autour de lui un regard précautionneux, et baissant la voix:

—Madame de Solange te rend malheureuse, peut-être? dit-il avec une sorte d'effroi.

—Qui vous fait penser cela? interrompit la jeune fille. Il lui imposa silence de la main.

—Bien, bien, je sais que tu ne me l'avoueras point. A quoi bon! je ne pourrais te protéger, moi; mais prends garde, Jeanne; ne résiste pas à ta mère. Tout ce qui résiste, vois-tu, elle le brise!

—Je le sais, murmura Jeanne, dont les yeux se détournèrent vers son père.

Celui-ci l'attira plus près de lui.

—T'a-t-elle refusé quelque plaisir? demanda-t-il.

—Nullement, mon père.

—Tu désires peut-être quelque parure?

—Aucune.

—Pourquoi le cacher? on pourrait te l'acheter. Ta pension[26] est faible et ne doit point te suffire.[27]

—Je ne la voudrais plus forte que lorsque je vois de pauvres familles.

—Et tu en connais maintenant que tu aimerais à secourir?

—Hélas! mon père, ceux qui souffrent ne manquent jamais.

M. de Solange regarda autour de lui, et, tirant de la poche de sa veste une petite bourse de cuir de daim:

—Tiens, dit-il.

—De l'or! s'écria Jeanne étonnée.

—Oui, mais cache-le de peur que ta mère ne le voie!

—Pourquoi cela? Ne le tenez-vous point d'elle?

—Non.

—De qui donc, alors?

—Tout est pour toi, dit le vieillard en rougissant.

—Mais vous ne me répondez point, mon père, reprit Jeanne vivement. Cette bourse...

Et comme si un souvenir l'illuminait subitement:

—Cette bourse a été dérobée à ma mère il y a quelques jours! s'écria-t-elle.

—Tais-toi, dit le vieillard épouvanté.

—Quoi! ce serait...[28]

—Tais-toi!

Elle regarda son père stupéfaite. Celui-ci jeta un coup d'œil autour de lui pour s'assurer qu'ils étaient seuls.

—Tout lui appartient, reprit-il à voix basse; je suis chez elle comme à l'hospice; je n'ai rien à moi.... Quand j'ai vu cet or, j'ai pensé qu'il pourrait te rendre heureuse.

—Oh! mon père, mon père! s'écria Jeanne émue à la fois de honte, de pitié' et d'attendrissement.

—Dis que tu es heureuse, Jeanne! reprit celui-ci en l'attirant à lui. Pauvre fille! J'aurais voulu pouvoir dérober pour toi le trésor du roi de France! Si j'avais le paradis, vois-tu, Jeanne, je le donnerais tout entier sans y garder même une place... Mais embrasse donc ton père! remercie-le donc! C'est la première fois que je puis te faire un présent.

Il y avait dans les paroles du vieillard une tendresse à demi égarée qui émut Jeanne jusqu'au fond du cœur. Dépouillée de sa volonté par une longue oppression, cette pauvre âme en était revenue à tous les instincts de l'enfance.

Jeanne jeta ses bras autour du cou de son père et baisa ses cheveux blancs.

—Cache, cache la bourse, reprit le vieillard joyeusement. Ah! ils me croient la tête faible!... Mais je vois tout, je comprends tout. Aussi, sois tranquille, ma Jeanneton, je sais comment faire, maintenant. Oh ne te défie point de moi; tes pauvres ne manqueront plus de rien. Mais cache la bourse, surtout, cache-la bien.

—Elle ne nous appartient pas, fit observer la jeune fille doucement, et il faudra la rendre.

—La rendre! à qui?

—A ma mère.

—Que dis-tu? s'écria le marquis épouvanté; tu lui diras donc que je l'ai prise?

—Non, mon père.

—Elle le devinera, on te forcera à l'avouer; tu me dénonceras, malheureuse!

—Mon père!

—Oh! ne fais pas cela, Jeanne, je t'en conjure; ta mère se vengerait sur moi. Tu ne voudrais point me rendre malheureux. Tu es la seule qui m'aime ici. Oh! ne rends pas la bourse; je l'ai prise pour toi, Jeanne. Par miséricorde, ne dis rien à ta mère.

Il avait les mains jointes et pleurait. La jeune fille éperdue se jeta dans ses bras en s'efforçant de le rassurer par ses promesses et ses baisers, mais il semblait toujours inquiet.

—Tu ne sauras point cacher cet or, reprit-il, et tout se découvrira. Rends-le-moi, c'est le plus sûr; rends-le moi; je le garderai.

Jeanne lui remit la bourse, qu'il ramassa vivement.

—Surtout, pas un mot à ta mère, reprit-il, en posant un doigt sur ses lèvres. Si elle t'interroge, aime-moi assez pour mentir; ton confesseur te le pardonnera, et, s'il le faut, je prendrai sur moi le péché.

Dans ce moment un domestique en livrée parut au bout de l'allée. Il venait annoncer à M. de Solange que le souper était servi.

Celui-ci se leva, fit un signe à Jeanne pour lui recommander la discrétion, et, s'appuyant sur le bras du valet, il regagna d'un pas chancelant l'appartement qu'il occupait dans l'hôtel.

La jeune fille le suivit des yeux avec une expression de pitié caressante, jusqu'à ce qu'il eût disparu derrière les tilleuls. Alors ses idées parurent prendre un autre cours, et elle tomba dans une profonde rêverie.

Le jour, qui commençait à baisser, ne jetait sur la tonnelle que des lueurs incertaines; la cloche du souper avait sonné, et, suivant l'usage établi dans la plupart des maisons nobles, Jeanne n'y devait point paraître. Certaine ainsi que son absence ne pouvait être remarquée par sa mère, ni par les gens de service occupés ailleurs, la jeune fille chercha le coin le plus reculé de la tonnelle, s'y assit et tira de son sein une lettre qu'elle y tenait cachée.

Là seule vue de ce papier sembla réveiller en elle une subite émotion, car la rougeur couvrit ses joues, et elle promena autour d'elle un regard inquiet; mais, sûre de ne pouvoir être aperçue, elle l'ouvrit lentement et se mit li le relire tout bas.

Cette lecture avait sans doute pour elle un vif intérêt, car elle ne tarda point à l'absorber tout entière. Une lueur d'indicible joie illuminait ses traits par instants, puis s'éteignait tout à coup sous un nuage de doute et de crainte. Deux ou trois fois elle s'interrompit, demeurant immobile, les yeux fixes et comme écrasée bous un sentiment de désespoir.

Enfin, elle avait achevé sa lecture et se préparait à la recommencer lorsqu'un bruit de pas se fit entendre: elle cacha vivement dans son sein la lettre qu'elle tenait, et presque au même instant madame de Solange parut à l'entrée de la tonnelle.

Madame de Solange était une femme de haute taille, richement vêtue, à la démarche lente, mais ferme. Rien chez elle ne rappelait son origine. Ses traits avaient une régularité pour ainsi dire hautaine, et leurs rides se cachaient sous une sorte de *blondeur*[29] aristocratique. Ce qui manquait dans tout son être, ce n'était point la distinction: c'était la vie. La robe de velours ne pouvait déguiser sa maigreur, et la lividité de son visage perçait le fard dont elle l'avait couvert. C'était seulement dans le regard que l'on retrouvait l'indice d'une énergie éprouvée; toute la vitalité s'y était réfugiée, et son œil gris brillait d'un éclat que l'on avait peine à supporter.

Jeanne, qui avait failli être surprise, resta tremblante et la tête baissée à son aspect; madame de Solange ne parut point y prendre garde.

Je vous cherchais, dit-elle à la jeune fille d'une voix dont l'harmonie avait quelque chose de métallique. Êtes-vous seule?

—Seule, madame, répondit Jeanne.

Madame de Solange s'assit sur le banc que sa fille venait de quitter et lui fit signe de prendre un des sièges rustiques qui se trouvaient sous la tonnelle.

—J'ai à vous parler, Jeanne, reprit-elle d'un ton plus confidentiel que de coutume. Approchez-vous et écoutez-moi avec attention.

La jeune fille obéit.

—Depuis bientôt trois mois que vous avez quitté le couvent, reprit madame de Solange, j'ai évité de vous présenter à la société qui fréquente l'hôtel. Vous avez vécu dans la retraite comme il convient à une fille de votre condition, qui ne doit paraître dans le monde qu'en se mariant; mais ce moment est enfin venu.

—Que dites-vous, madame? s'écria Jeanne qui leva brusquement la tête en tressaillant.

—Je dis que je viens d'arranger un mariage tel que je pouvais le désirer.

—Pour moi? interrompit la jeune fille.

—Pour vous, reprit madame de Solange. Qu'y a-t-il dans cette nouvelle qui puisse vous étonner? N'avez-vous jamais pensé qu'il en devrait être, ainsi tôt ou tard?

—Madame..., balbutia Jeanne éperdue.

—Allons, remettez-vous, dit froidement madame de Solange; il s'agit ici, non point de s'émouvoir, mais de causer. Le mariage aura lieu dans un mois, et dès demain je vous emmènerai pour choisir le trousseau.

Cette nouvelle était si inattendue que Jeanne resta un instant comme foudroyée. Elle regarda sa mère, pâle, les mains jointes et sans pouvoir parler.

—C'est impossible, dit-elle enfin d'une voix entrecoupée; dans un mois, madame, c'est impossible.

—Pourquoi donc? demanda la marquise.

—Je ne savais point... Je n'étais point préparée. Oh! je vous en conjure...

—Enfin?... interrompit madame de Solange avec impatience.

—Je ne veux pas me marier, ma mère! s'écria la jeune fille qui se laissa glisser à genoux.

La marquise recula vivement.

—Relevez-vous, dit-elle. Pourquoi cet effroi, ces larmes; et que dois-je conclure de pareilles folies? Les dames de la Visitation auraient-elles abusé de leur influence pour vous inspirer un fanatique désir de fuir le monde?

—Non, madame.

—Qu'est-ce donc alors? Eprouvez-vous quelque répugnance pour le mariage?

—Je ne dis point cela, madame.

—C'est donc seulement pour le mari que je vous propose; mais je ne vous l'ai point nommé, vous ne l'avez jamais vu. S'il est jeune: spirituel, galant et de grande naissance, le refuserez-vous également?

—Ah! quel qu'il soit![30] s'écria Jeanne, emportée par son émotion.

Madame de Solange leva brusquement la tête.

—Alors, vous en aimez un autre? dit-elle.

Jeanne se couvrit le visage. Il y eut une pause.

—Ainsi, vous l'avouez, reprit la marquise d'une voix dont le tremblement annonçait une colère retenue; eh bien, mademoiselle, voyons votre choix! Pour être préférable au comte de Lanoy, il faut que l'homme distingué par vous réunisse à un haut degré les avantages de la beauté, de l'intelligence et de la fortune. Nommez-le! nommez-le sur-le-champ! Mais pourquoi ce silence? Hésiter, c'est me faire croire à quelque préférence indigne. Ce nom est-il si honteux, que vous n'osiez le prononcer? Parlez, mademoiselle! mais parlez donc!

—Ne m'interrogez point, madame, balbutia Jeanne, étouffée de sanglots.

La marquise fit un brusque mouvement.

—C'est-à-dire que vous rougissez d'avouer votre choix, reprit-elle. Vous-même, alors, en faîtes justice![31] Qu'il n'en soit plus question; vous épouserez M. de Lanoy.

—Ma mère! par pitié! s'écria Jeanne.

Mais madame de Solange lui saisit brusquement le bras, et avec un emportement qu'elle avait jusqu'alors difficilement contenu:

—Assez! dit-elle, vous obéirez!... Point de prières, point de larmes! Je le veux! Je ne vous demande plus la confidence de vos folles préférences.

Gardez vos rêves, vous le pouvez; mais ce mariage réalise un espoir que je poursuis depuis vingt années; il vous assure le crédit et le rang que nous avons le droit d'ambitionner; il se fera,[32] mademoiselle. Fusse-je[33] à mon heure d'agonie,[34] je remettrais à recevoir l'absolution de mes péchés pour signer votre contrat.

L'énergie avec laquelle ces mots étaient prononcés saisit la jeune fille; elle leva vers sa mère des yeux noyés de larmes; mais le regard fixe de celle-ci s'appuyait sur elle avec une volonté si implacable, qu'elle fut comme écrasée et qu'elle se laissa retomber sur le siège qu'elle avait quitté.

Madame de Solange s'aperçut de ce subit abattement; elle avait déjà repris possession d'elle-même.

—Vous réfléchirez, dit-elle d'un ton de froideur imposante. On a dû vous apprendre au couvent qu'à nous appartenait le droit de disposer de votre sort, à vous le devoir de vous soumettre; mais il ne suffit point d'obéir, il faut que vous le fassiez avec la bonne grâce qui convient à votre éducation et à votre rang. J'ose espérer que vous ne l'oublierez point. Allez!

Jeanne se leva tremblante, salua et quitta la tonnelle.

Madame de Solange demeura longtemps à la même place, les yeux immobiles, le front soucieux. L'entretien qu'elle venait d'avoir avec Jeanne était loin de l'avoir laissée sans inquiétude. Il était évident que la jeune fille ressentait un amour, impossible à approuver sans doute, puisqu'elle n'avait osé en avouer l'objet, mais dont les suites pouvaient être dangereuses.

Bien qu'elle n'eût étudié sa fille que depuis quelques mois, la marquise avait vu clair dans le fond de cette âme, qui s'ignorait encore elle-même. Jeanne avait cette docilité de l'enfant qui a grandi sans s'en apercevoir; mais le péril de ses affections pouvait lui révéler le secret de sa force, et alors la révolte était à craindre, car il y avait dans la fille quelque chose de l'énergie de la mère. Les grâces de la jeunesse et les timidités de l'ignorance cachaient en vain cette énergie: madame de Solange l'avait devinée sous son enveloppe, comme l'œil d'un soldat devine le glaive dans son fourreau de satin. Aussi comprit-elle sur-le-champ que le seul moyen d'éviter la résistance était de tout brusquer; elle espérait qu'ainsi surprise, la jeune fille n'essayerait point des forces qu'elle ignorait, et que, convaincue de son impuissance, elle se jetterait dans la résignation.

C'était par suite de cette pensée que la marquise avait renoncé à pousser plus loin sa découverte et brusquement interrompu l'explication commencée. Elle savait qu'occuper un cœur de son affection, même pour la combattre, c'est l'y engager plus avant; qu'en arrachant à Jeanne une confidence, elle s'associait pour ainsi dire à sa passion, et qu'une fois cette dernière avouée, la jeune fille s'y abandonnerait avec plus de liberté. Elle résolut donc de ne lui faire aucune question, mais de tout découvrir, s'il était possible, décidée à ne rien négliger pour rompre une inclination qui mettait ses espérances en péril.

———————

III.

Six heures venaient de sonner et tout semblait encore dormir dans l'hôtel de Solange. Une porte vitrée du rez-de-chaussée était seule ouverte, et les premiers rayons de l'aube l'illuminaient d'une molle lueur.

Le marquis était assis près du seuil, respirant cette brise piquante d'octobre que tempérait la première chaleur du soleil levant. Son sommeil était court, comme celui de tous les vieillards, et il se levait avant l'aurore pour jouir de cette heure de solitude. Soumis tout le jour au règlement établi par madame de Solange, ne pouvant lire, se promener, prendre ses repas qu'aux moments indiqués, toujours suivi d'un valet qui semblait un gardien plutôt qu'un serviteur, il se trouvait alors délivré de ces liens dégradants dans lesquels on avait étouffé sa pauvre âme. Le génie tyrannique qui réglait ses destinées dormait encore, et, débarrassé de l'oppression qui tenait habituellement sa pensée captive, il pouvait reprendre possession de l'espace et du jour, retrouver en lui-même la force de désirer, de penser, car Dieu n'avait point refusé toute lumière à cette intelligence. Doucement ménagée, elle eût pu briller comme ces étoiles qui, sans faire remarquer leurs rayons, aident pourtant à la clarté du ciel; mais on lui avait demandé plus qu'il ne lui était permis de donner. Il n'eût fallu à ces facultés modestes que le labeur de chaque jour; attelage vulgaire, c'était assez pour elles de traîner le soc dans le sillon commun; madame de Solange avait voulu les transformer en coursiers de guerre; elle les avait lancées dans la mêlée, poursuivant leur lenteur d'un impitoyable aiguillon, jusqu'à ce qu'elles eussent succombé, brisées par d'impuissants efforts. Alors, dépouillé de son autorité et rappelé à toutes les soumissions de l'enfance, le vieillard avait cédé, après une courte lutte, et les dernières lueurs de son esprit s'étaient éteintes dans les humiliations.

Il y avait déjà quelque temps qu'il était assis à la même place, fixant sur le jardin un vague regard, lorsqu'une porte s'ouvrit doucement à l'autre extrémité de l'hôtel.

Jeanne y parut, la tête couverte d'une coiffe du matin et enveloppée dans une pelisse. Elle promena les yeux de tout côté, fit quelques pas, puis s'arrêta; elle semblait tremblante. Cependant, après s'être assurée que le jardin était désert, elle se glissa légèrement derrière une touffe de lilas et gagna la tonnelle.

Arrivée là, elle s'assura de nouveau qu'elle était seule, et s'avança vers la grille qui interrompait le mur à cet endroit et permettait d'apercevoir la campagne. Une vieille statue y était adossée, et les lignes tracées sur le marbre par les passants prouvaient suffisamment qu'on pouvait l'atteindre du dehors.

La jeune fille en fit le tour,[35] glissa la main sous le socle à une place qui semblait lui être connue, et en retira une lettre. Au même instant, une exclamation retentit à quelques pas; elle détourna la tête; madame de Solange était debout à l'entrée de l'allée de tilleuls.

La jeune fille n'eut que le temps de s'élancer vers l'autre allée et de courir à la porte du jardin; mais on l'avait refermée. Éperdue, elle cherchait autour d'elle, lorsque son nom prononcé par une voix connue lui fit lever les yeux; elle aperçut son père, poussa un cri de joie et se précipita dans son appartement.

Tout cela s'était passé si rapidement que la marquise, qui revenait sur ses pas, ne trouva plus la jeune fille en arrivant devant l'hôtel; mais un regard jeté sur la porte vitrée du marquis lui fit tout comprendre. Elle s'arrêta indécise.

Depuis plusieurs années que M. de Solange vivait relégué dans cette partie de l'hôtel, elle en avait à peine deux ou trois fois franchi le seuil. L'aspect de ce vieillard en enfance lui rappelait trop d'espérances avortées et aussi peut-être trop d'inexorables torts pour qu'elle ne cherchât point à l'éviter. L'appartement qu'il occupait était pour elle comme ces prisons domestiques dans lesquelles on nourrit un monstre ou un fou, et dont on n'approche que lorsque la mort les a rendues vides.

Cependant l'occasion de tout découvrir était trop favorable pour la laisser échapper. Après un moment d'hésitation, elle surmonta sa répugnance, s'avança vers la porte et l'ouvrit résolument.

Le marquis était assis au fond de la chambre, serrant une des mains de Jeanne, pâle et haletante. Tous deux tressaillirent à l'aspect de madame de Solange, et le vieillard cacha vivement un papier qu'il tenait; mais la marquise avait remarqué son mouvement; elle s'avança vers Jeanne, qui avait baissé les yeux, et de cette voix dont la douceur avait je ne sais quelle inflexibilité sonore:

—Votre gouvernante vous cherche, dit-elle.

La jeune fille, étonnée, leva les yeux.

—Allez, reprit la marquise.

Jeanne regarda son père avec inquiétude. Elle parut balancer un instant; sa main serra celle du marquis, comme pour lui demander l'ordre de rester; mais celui-ci, qui avait rencontré l'œil de la marquise, détourna la tête. Obéissant enfin à un geste impérieux de sa mère, la jeune fille sortit lentement.

Madame de Solange reconduisit sa fille jusqu'à la porte, qu'elle referma derrière elle; puis, laissant tomber les rideaux qui avaient été relevés et permettaient de tout voir du dehors, elle revint vivement vers le vieillard:

—Jeanne vous a remis une lettre! dit-elle brusquement.

—Un siège! un siège pour madame! balbutia le marquis, qui promena les yeux autour de lui comme s'il eût cherché un valet.

—Veuillez m'écouter, monsieur, interrompit madame de Solange avec impatience.

—Une belle étoffe! reprit le vieillard en ayant l'air d'admirer la robe de la marquise.

Celle-ci fit un pas en arrière et le regarda fixement.

—Ah! j'entends! dit-elle après un court silence, monsieur le marquis espère échapper à mes questions en feignant de ne les point saisir; c'est un moyen dont il a toujours eu l'habitude; mais il prend une peine inutile, je sais tout.

Le vieillard tressaillit sans paraître comprendre.

—L'hiver vient, madame, continua-t-il; il n'y a plus d'oiseaux dans les tilleuls, plus de violettes...

—Assez, s'écria la marquise; regardez-moi, monsieur, et veuillez m'écouter! Je sais tout, vous dis-je! Jeanne est entrée ici tout à l'heure avec une lettre; je l'ai vue! Sûre que je l'exigerais, elle vous l'a remise pour me la dérober, et vous la tenez encore.

Le marquis cacha vivement ses deux mains dans les larges poches de son habit brodé.

—Je veux cette lettre, reprit madame de Solange avec autorité; il me la faut sur-le-champ!

—Plus de violettes, madame! plus de violettes! murmura le vieillard d'un accent à demi égaré.

La marquise fit un brusque mouvement, mais elle le réprima aussitôt, et, s'approchant d'un air presque riant:

—Allons, dit-elle en changeant subitement de ton, pourquoi refuser de me répondre, monsieur? Je ne suis point venue seulement pour cette lettre, et j'ai besoin de causer avec vous.

Le vieillard jeta à la marquise un regard craintif.

—Je venais vous parler de Jeanne, reprit madame de Solange; la voilà grande et le temps me semble venu de songer à son établissement.

Le marquis garda le silence.

—J'ai cherché longtemps, continua la marquise, mais je crois enfin avoir trouvé le mari qui lui convient.

—Un mari pour Jeanne? répéta M. de Solange en relevant la tête.

—Jeune, aimable, et tenant un des premiers rangs à la cour, ajouta la marquise; M. le comte de Lanoy.

—Le fils de l'ancien gouverneur du Périgord?[36]

—Lui-même, monsieur. Auriez-vous connu son père?

—Si je l'ai connu! s'écria le vieillard; un ancien compagnon d'enfance! Grande noblesse, madame! Les de Lanoy comptent autant de quartiers[37] que les Montmorency.[38] Il faut que Jeanne épouse le comte!

—A la bonne heure! dit la marquise; je vois avec plaisir, monsieur, que nous commençons à nous comprendre. Mais, en échange de la bonne nouvelle que je vous apporte, vous ne refuserez point, je pense, de me donner ce papier...

Le marquis tressaillit et fit rentrer dans sa poche la main qu'il en avait laissée sortir à demi; ses regards, dans lesquels s'était allumé un éclair d'intelligence, semblèrent s'éteindre.

—Un beau jour, madame, un beau jour, dit-il d'une voix enfantine en montrant le soleil qui étincelait à travers les rideaux.

—Il est vrai, répondit tranquillement la marquise, et vous devriez en profiter pour une promenade.

—Moi! s'écria le vieillard étonné.

—Je puis mettre le carrosse à votre disposition.

—Une promenade en carrosse! répéta M. de Solange avec émerveillement.

—Dans la forêt, si vous le voulez, il y a chasse aujourd'hui.

—Et je pourrai la voir! voir les chiens, les piqueurs, les gentilshommes![39]

—Pourquoi non?

—Ah! je le veux, je le veux, madame, tout de suite!

—Aussitôt que vous m'aurez remis la lettre.

—Ah! la lettre? répéta le vieillard d'un ton chagrin et comme si ce mot fût venu couper court à sa joie.

—N'avez-vous point aussi exprimé à Baptiste le désir d'assister aux messes du roi?[40] demanda la marquise; il vous y conduira, monsieur... dimanche prochain; la cour y sera tout entière.

—J'y verrai Marie-Antoinette?[41]

—Et vous entendrez un office en musique.[42]

—Avec un sermon, madame; il y aura sans doute un sermon? On en prêchait de si beaux autrefois en Lorraine, quand j'étais jeune. Il y avait surtout un capucin dont j'ai oublié le nom... Croyez-vous que l'aumônier du roi prêche aussi bien que lui, madame?

—Mieux encore, monsieur, dit madame de Solange qui se prêtait à l'expansion pleine d'enfantillage du marquis. Mais, complaisance pour complaisance; vous me donnerez le papier que Jeanne vous a remis.

Le vieillard retourna la lettre dans sa poche.

—Je ne peux pas, murmura-t-il; elle me l'a donnée à garder; si elle savait que je ne l'ai plus....

—Je ne lui en parlerai point.

—Mais elle me la redemandera!

—Je vous la rendrai.

—Bien sûr? demanda le vieillard qui jeta à madame de Solange un regard incertain.

—Je vous le promets, marquis, dit celle-ci en souriant. Mais vite, si vous tenez à votre promenade dans la forêt. La chasse ne tardera point à rentrer.

Le marquis resta un instant indécis. Le désir de recouvrer quelques heures d'une liberté perdue depuis dix années et de quitter sa prison pour respirer l'air libre des bois luttait en lui contre la parole donnée. On eût dit d'un enfant tenté,[43] dont la passion combattait un reste de volonté. Sa main, qui n'avait point cessé de tenir le papier remis par Jeanne, se montrait, puis se cachait de nouveau. Enfin elle se tendit à moitié vers la marquise, qui saisit vivement la lettre, brisa le cachet, et lut rapidement ce qui suit:

"C'est dans quelques jours que le contrat qui vous lie au comte de Lanoy doit être signé! Vous le savez, car je vous en ai avertie. Vous savez aussi que je tiens prêts les moyens de fuite. Vous pourrez donc, jusqu'au dernier instant, choisir entre moi et celui que votre mère vous destine; mais, le choix fait en faveur de celui-ci, ne songez plus à celui qui vous écrit; tout sera fini pour lui.

"Ne vous faites point de reproches, Jeanne, cela devait être ainsi; ce n'est point votre faute si je vous ai aimée, moi qui n'avais le droit que de vous adorer de loin comme les saintes du ciel. Plus sage, je serais aujourd'hui moins malheureux! Mais, tant que j'ai pu vous voir, je n'ai pensé à nulle autre chose. Près de vous, je sentais mon âme refleurir comme la campagne au printemps; un tourbillon de joie semblait vous environner!

"Quoi qu'il arrive, soyez bénie pour le bonheur que vous m'avez donné. Que[44] vous m'oubliiez pour le monde ou que vous oubliiez le monde pour moi, je vous aimerai uniquement et partout.

"Adieu donc, Jeanne! adieu, pour quelques heures ou pour toujours."

Lorsque madame de Solange eut achevé cette lecture, elle se tourna brusquement vers le marquis, qui avait suivi tous ses mouvements avec inquiétude.

—Qui a écrit cette lettre, monsieur? demanda-t-elle, pâle et les lèvres serrées.

—Je l'ignore, répondit le vieillard.

—Je le saurai, moi, murmura-t-elle en faisant un pas pour sortir.

Le marquis se leva.

—La lettre, madame! s'écria-t-il.

—Je la garde, monsieur.

—Que dites-vous?...

—Je la garde, vous dis-je!

—C'est impossible! s'écria le vieillard éperdu; Jeanne va revenir et me la redemander. Vous avez promis de me la rendre, madame; il me la faut! je la veux!

Il s'était mis devant la porte.

—Place, monsieur, cria madame de Solange les yeux enflammés.

—La lettre! la lettre! répéta le vieillard.

—Place! vous dis-je.

—Non, non! la lettre!

Il s'efforçait de retenir madame de Solange; mais celle-ci l'écarta d'un geste violent, ut s'élança hors de l'appartement.

Le billet qu'elle venait de lire, en confirmant l'amour caché de Jeanne, la laissait dans la même ignorance relativement à l'objet de cet amour, car il ne renfermait aucune indication, aucun détail qui pût en faire connaître l'auteur. D'un autre côté, les raisons qui avaient autrefois détourné la marquise d'interroger la jeune fille existaient plus puissantes que jamais. Une explication ne pouvait qu'exalter le désespoir de celle-ci, et la pousser à quelque résolution extrême. Madame de Solange trembla à la pensée de voir le caprice romanesque d'une enfant compromettre des projets si longtemps poursuivis.

Le temps, loin d'avoir assoupi sa fièvre d'ambition, l'avait redoublée; c'était désormais une préoccupation unique, dans laquelle allaient se fondre toutes ses volontés. Elle avait vu disparaître, l'un après l'autre, les horizons de la vie, pour tenir les yeux fixés sur ce seul point toujours fuyant; et plus elle avait épuisé d'efforts pour y atteindre, plus le désir avait grandi en elle.

Elle avait été d'ailleurs témoin des subites élévations du règne précédent, et tant de fortunes inattendues avaient entretenu son espoir. Impérissable domination d'une passion inassouvie! Quand les jours qui lui restaient à vivre pouvaient être comptés, elle ne songeait encore qu'à acquérir le rang qu'elle avait rêvé quarante ans plus tôt! Fortune, santé, famille, espoir d'un monde meilleur, elle eût encore tout donné pour être de la cour et mourir sur le tabouret,[45] comme Louis XI[46] sur son trône, le front fâmé et dans toute l'étiquette d'une réception royale!

Or, ce triomphe d'orgueil, le mariage de Jeanne avec le comte pouvait le lui donner. De Jeanne allait dépendre la réalisation de toutes ses chimères on leur anéantissement.

Cette pensée donnait à la marquise une sorte de rage désespérée. Elle eût voulu tenir dans ses mains le cœur de la jeune fille pour le maîtriser et le soumettre, fallût-il[47] pour cela le briser!

Elle hésitait encore sur ce qu'elle devait faire lorsqu'on vint lui annoncer que M. de Lanoy attendait au salon.

Le comte était accompagné du duc de Lussac qui avait été, comme vous l'avons déjà vu, son présentateur[48] chez madame de Solange, et s'était entremis pour le mariage projeté. Il venait aider *son protégé* à discuter les conditions du contrat.

Le duc était alors dans tout l'éclat de son succès à la cour et au plus haut degré de la puissance que lui donnait sa parenté avec la princesse de Lamballe.[49] Nul ne possédait autant que lui cette légèreté moqueuse, alors à la mode chez la reine, et on le citait comme le gentilhomme de France le plus spirituel et le plus brave. Serviable, du reste, il distribuait à tout venant, sur la recommandation de son valet de chambre, les brevets[50] et les pensions qu'il arrachait au ministre.

Au moment où madame de Solange entra au salon, il était assis sur une bergère dans tout le débraillé[51] d'un gentilhomme qui se sent chez des inférieurs. A la vue de la marquise, il se leva avec effort.

—Eh! la voilà! s'écria-t-il. Complimentons-nous donc de notre exactitude, chère marquise. Pour vous, j'ai manqué trois rendez-vous. Il y a manœuvres de cavalerie ce matin au Grand-Camp, et je voulais vous y mener.

—Mille grâces, dit madame de Solange, je ne sais si je pourrai.

—Pourquoi donc? Il le faut! Voyons, marquise, nous allons terminer l'affaire du contrat en un instant.

—J'attends maître Durocher.

—Voici un clerc que j'ai pris en passant et qui vous apporte le projet d'acte.[52]

Madame de Solange aperçut alors debout près de la porte, un jeune homme dont les traits ne lui semblèrent point inconnus. Il était vêtu de noir comme ceux de sa profession, mais elle fut frappée de sa tournure hardie et de l'espèce de triste fierté qui se révélait dans tout son air. Il se tenait immobile à quelques pas du seuil, une main cachée dans sa poitrine. Au mouvement que fit la marquise il salua.

—Vous apportez le modèle du contrat? demanda madame de Solange.

Le jeune homme présenta, sans répondre, les papiers qu'il tenait à la main. L'expression de tous ses traits était si profondément douloureuse, que la marquise fut un instant sans pouvoir en détacher ses regards.

Cependant le comte et M. de Lussac s'étaient retirés à quelques pas dans l'embrasure d'une croisée. Elle prit les papiers que lui présentait le jeune homme et les déroula pour les parcourir; mais à peine y eut-elle porté les yeux qu'elle tressaillit. Le clerc releva la tête.

—Cet acte n'est point de maître Durocher, dit-elle vivement.

—Je l'ai écrit sous sa dictée, répondit le clerc.

—Vous?

—Moi, Madame.

—Qu'y a-t-il, marquise? demanda le duc en se rapprochant.

—Rien…, rien, monsieur le duc, balbutia madame de Solange d'un accent altéré.

Le duc reprit sa conversation interrompue et madame de Solange s'assit. Elle venait de reconnaître dans l'écriture du clerc celle du billet adressé à Jeanne.

Elle resta un moment comme anéantie de stupeur; elle doutait encore, mais un nouvel examen ne lui laissa aucune incertitude.

Elle leva alors les yeux de nouveau sur le jeune homme et chercha ou elle l'avait déjà rencontré.

Le couvent des dames de la Visitation lui revint tout à coup en souvenir; c'était là qu'elle l'avait vu. Elle comprit à l'instant comment il avait pu connaître Jeanne et s'en[53] faire aimer, car sa lettre ne laissait aucune incertitude à ce sujet. Elle ne se demanda point quel hasard avait ainsi comblé la distance qui les séparait, ni par quelle fatalité un pauvre clerc avait pu plaire à sa fille; renvoyant à éclaircir plus tard tous ces détails et laissant une vaine indignation, elle se mit à rechercher, avec la promptitude des intelligences ambitieuses, le moyen de conjurer le péril. A tout prix il fallait écarter ce jeune homme, dont la passion hardie pouvait entraîner Jeanne à quelque résolution extrême.

Mais comment y réussir?

Les yeux fixés sur l'acte qu'elle feignait de lire, madame de Solange se perdait en réflexions, formant mille projets aussitôt rejetés. Pendant ce temps, Jérôme s'était approché d'une fenêtre donnant sur le parterre, et, appuyé sur l'espagnolette,[54] plongeait jusqu'au fond des charmilles un regard avide, tandis que le duc et M. de Lanoy, assis à quelques pas, continuaient de causer en élevant de plus en plus la voix, sans s'en apercevoir.

Un brayant éclat de rire du comte interrompit tout à coup l'anxieuse préoccupation de la marquise et la força, pour ainsi dire, à entendre.

—De sorte, reprenait M. de Lanoy, que le colonel n'a rien su?

—Il n'est sorti de la Bastille[55] qu'après plusieurs mois, et lui et sa femme vivent ensemble comme Philemon et Baucis.[56] Du reste, c'est toujours le moyen le plus sûr, mon cher comte. Qu'un mari y regarde de trop près, qu'un creancier menace de poursuivre quelque homme bien né, vite une lettre de cachet,[57] cela coupe court à tout. L'Évangile devait avoir en vue les lettres de cachet, lorsqu'il recommanda d'éviter le scandale. C'est l'institution la plus chrétienne de la monarchie; aussi, j'en use pour moi et pour mes amis. J'ai toujours dans une poche, avec ma tabatière, une douzaine de blancs seings, au moyen desquels on peut envoyer le premier fâcheux vivre dans la retraite aux frais de Sa Majesté; et si jamais vous en désirez deux ou trois, ne fût-ce que[58] par précaution...

—Un seul, monsieur le duc, dit madame de Solange en s'avançant vivement.

—Quoi! marquise, vous aussi?

—Un blanc seing, et je vous en aurai une éternelle reconnaissance.

—Pour si peu?... j'en fais cas comme d'une prise de tabac![59] Voyez! ajouta-t-il en cherchant dans sa poche un petit portefeuille en moire brodée, duquel il retira plusieurs papiers. Prenez, marquise, et à discrétion.

Madame de Solange en prit un, remercia et sortit.

Peu après un domestique vint avertir Jérôme Bouvart que madame le demandait. Il la trouva dans sa bibliothèque, une lettre à la main.

—Vous avez la confiance de maître Durocher, dit-elle; je puis vous accorder la mienne en toute sûreté.

Le clerc s'inclina.

—Il faut que vous partiez sur-le-champ pour Paris. Jérôme parut surpris.

—Je ferai avertir votre patron, reprit madame de Solange; portez cette lettre et attendez la réponse; elle peut empêcher la signature du contrat.

—J'irai, madame, dit vivement le clerc.

—Surtout, pas un mot de la mission que je vous confie.

—Je vous le jure.

—Et point de retard.

—Je pars à l'instant.

—Allez; je vous attendrai.

Le jeune homme salua et sortit.

Madame de Solange courut à la fenêtre pour s'assurer de la route qu'il suivait, et le vit prendre l'avenue de Paris. Un éclair de joie illumina tous ses traits.

—Va, murmura-t-elle; maintenant je ne te crains plus! Et redescendant au salon où MM. de Lanoy et de Lussac l'attendaient toujours:

—Tout est bien, dit-elle en présentant le contrat à ce dernier, je le ferai signer aujourd'hui même par M. le marquis.

IV.

Mais pendant que tout conspirait ainsi contre l'amour de Jeanne, son malheur même lui acquérait un secours inattendu.

La crainte de rencontrer madame de Solange l'avait empêchée quelque temps de retourner vers son père; son inquiétude l'emporta enfin sur tout le reste, elle se glissa jusqu'à la porte du marquis, et, après s'être assurée qu'elle était seule, entra furtivement.

Celui-ci parcourait la chambre avec agitation en prononçant des mots sans suite. A la vue de Jeanne, il s'arrêta court et lui tendit les bras.

—La lettre! la lettre! balbutia-t-il.

—Ma mère l'a lue? demanda Jeanne tremblante.

—Et emportée!

La jeune fille poussa un cri.

—Ce n'est point ma faute, Jeanne, reprit le vieillard en étendant les mains; elle m'a parlé de la messe du roi..., de promenade dans la forêt... Puis elle avait promis de la rendre: tu ne devais pas le savoir.[60] Oh! Jeanne! Jeanne! tu ne m'en veux pas?[61]

Celle-ci s'était laissée tomber sur un fauteuil en se couvrant le visage.

—Au nom du ciel, ne pleure pas! dit le vieillard près de pleurer lui-même.

—Ah! mon père, vous m'avez perdue! s'écria la jeune fille suffoquée de sanglots.

—Perdue! répéta M. de Solange. Que contenait donc cette lettre? Jeanne ne t'effraie pas ainsi, je t'en conjure; mon Dieu! pourquoi aussi me la donner à garder? Je suis sans force, sans volonté, moi. Tu n'as jamais remarqué son regard immobile et perçant! Quand il se fixe sur moi, vois-tu, je sens ma tête qui tourne, mes membres qui tremblent: j'ai peur!

Ces mots étaient prononcés d'une voix si profondément altérée, qu'au milieu même de sa désolation Jeanne en fut touchée. Elle saisit les mains de son père avec une pitié douloureuse et les baisa tendrement. Cette caresse toucha le vieillard; son front s'éclaircit.

—Tu me pardonnes, Jeanne, n'est-ce pas? dit-il, en appuyant ses lèvres tremblantes sur la joue de sa fille. Oh! sois tranquille! tout cela finira bientôt; bientôt, tu ne seras plus son esclave et tu pourras faire ce qui te plaît.

—Moi, mon père!

—Ne vas-tu pas épouser le comte de Lanoy?

—Ah! jamais! s'écria la jeune fille avec désespoir. Le marquis releva la tête.

—Jamais! répéta-t-il étonné; que veux-tu dire, Jeanne?

—Oh! mon père! je suis bien malheureuse! sanglota celle-ci en se jetant dans ses bras.

—Toi, malheureuse, Jeanne? Au nom du ciel, qu'y a-t-il donc? Regarde-moi. Pourquoi pleurer?

Et, comme si un trait de lumière l'éclairait tout à coup:

—Oh! s'écria-t-il, ce n'est pas le comte que tu aimes!

La jeune fille se cacha, honteuse et éplorée, dans le sein du vieillard.

—Oui, je comprends, reprit-il. Il y en a un autre!... que ta mère repousse, n'est-ce pas?... Ta mère ne songe qu'à t'élever pour monter après toi! pauvre enfant!... Et tu l'aimes donc bien?

—Ah! mon père, murmura Jeanne, en se pressant sur son cœur.

Il soupira.

—Hélas! hélas! que faire? dit-il d'un ton abattu. Elle a choisi le comte, Jeanne; elle veut que tu l'épouses; et on ne peut lui résister, à elle.

—Oh! je le sais! reprit la jeune fille avec des sanglots; mais plutôt que d'épouser le comte, mon père, je mourrai!

—Toi!

—Oui, reprit-elle avec une énergie désolée, car tout me sera plus facile que de supporter une pareille union. Songez, mon père: promettre à Dieu de vivre pour quelqu'un, alors que toute votre âme est ailleurs! se condamner à mentir jusqu'à la mort? c'est impossible! Et lui, que deviendra-t-il si je l'abandonne! Vous ne savez pas combien il est bon! Nous parlions de vous si souvent, et il vous aimait seulement parce que je vous aimais! Oh! j'aurais pu être si heureuse avec lui, mon père!

La jeune fille parlait d'une voix entrecoupée, et sa douloureuse exaltation avait gagné le vieillard.

—Eh bien! s'écria-t-il tout à coup, partons ensemble!

—Partir?

—Oui, Jeanne; c'est le seul moyen d'échapper à sa tyrannie. On veut te faire souffrir comme moi; fuyons.

—Y pensez-vous?

—Qui nous en empêche? Ne suis-je pas ton père? Avec moi, tu peux aller partout sans honte. Je vous suivrai, Jeanne; nous irons vivre bien loin, dans quelque coin de campagne où je serai libre de me promener sous les arbres sans un gardien. Si nous sommes pauvres, je travaillerai.

—Vous, mon père?

—Oui, oui; mes forces reviendront, enfant. Ici, sa présence m'empoisonne l'air; je sens autour de moi sa volonté comme un réseau de fer qui m'oppresse... Voilà pourquoi je suis faible, vieux et sans raison. Mais la liberté me rajeunira... Avertis-le, Jeanne; dis-lui qu'il prépare tout et nous fuirons avant que ta mère se doute de rien.

—Hélas! il est trop tard, murmura la jeune fille; la lettre lui aura tout appris.

—La lettre? reprit le marquis en changeant de visage. Oh! oui, tu as raison... La lettre!... Et c'est moi qui l'ai livrée! C'était un dépôt; je l'ai vendu pour de vaines promesses.

—Mon père!

—Vendu, Jeanne! Oh! je suis un lâche!

Le vieillard heurtait son front contre le fauteuil; Jeanne l'entoura de ses bras.

—Ne dites point cela, mon père! s'écria-t-elle; ne vous accusez pas; n'ayez point de douleur pour moi! Dieu a tout fait, et il n'a point voulu me donner la joie que je lui demandais. Lui seul est le maître et règle l'avenir! Puisqu'il m'est refusé de vivre pour Jérôme dans ce monde, eh bien! j'irai prier pour lui dans un couvent. Embrassez-moi, embrassez-moi, mon père, car bientôt vous ne me verrez plus!

—Non, Jeanne, s'écria le marquis, en la serrant contre sa poitrine, cela ne sera point! Toi dans un cloître, ma belle, ma douce Jeanne! Et que ferais-tu, sous le voile, de tes chères bouffées de joie? qui rendrais-tu heureux de ton affection? Ah! tu ne sais point tout ce que l'on peut souffrir au fond d'un couvent!

—Non, mais je sais, mon père, tout ce que l'on souffre dans certaines unions....

—Comme dans la mienne, n'est-ce pas? dit le vieillard en pâlissant. Tu as raison; je n'y avais pas songé. Si tu allais souffrir autant que moi!

Et cette pensée le fit frissonner.

—Jeanne! tu ne te marieras point contre ton gré, s'écriat-il avec force. Toutes les unions sans amour doivent se ressembler. Tu ne te marieras point;

je m'y opposerai, je suis ton père; ce titre-là, du moins, ils n'ont pu me l'ôter. Ils ne peuvent disposer de ta main malgré moi. Tu n'épouseras point le comte.

—Je venais pourtant présenter le contrat à votre signature, dit une voix calme et sonore.

Madame de Solange venait d'entrer et se tenait à quelques pas, des papiers à la main.

La jeune fille se serra contre son père avec effroi. Celui-ci tressaillit, mais sans baisser les yeux. La marquise s'approcha.

—Je crois inutile de rappeler tous les avantages de l'alliance convenue, dit-elle froidement. Les paroles sont données, les conventions écrites, et rien au monde ne pourrait me faire revenir sur ma décision. J'ai donc lieu de croire que M. le marquis ne s'opposera point à l'exécution d'un projet qu'il avait approuvé lui-même.

—Mon consentement suivra celui de Jeanne, répondit M. de Solange d'un ton d'hésitation.

—Votre consentement suivra le mien, monsieur, reprit la marquise avec impatience. Ma volonté n'est point de celles qui cèdent aux caprices ou aux larmes; je ne discute pas, je veux! Signez!

Sa voix avait une domination inflexible et menaçante dont Jeanne fut saisie; mais le vieillard resta impassible. Il était arrivé à une de ces heures où l'âme la plus timide, poussée à bout, a besoin de la révolte pour se soulager d'une trop longue oppression. Sans répondre à l'ordre de la marquise, il prit vivement le contrat qu'elle tendait, le froissa avec mépris et le jeta à terre.

—Vous voyez bien que je ne signerai pas, madame! dit-il d'un ton résolu.

La marquise pâlit. Elle regarda le vieillard, puis l'acte qu'il avait repoussé d'un air dédaigneux.

—Prenez garde à ce que vous faites, monsieur, dit-elle d'une voix tremblante; votre état a des privilèges, et j'aime à croire que vous n'avez point conscience[62] de votre action; mais veuillez[63] réfléchir.

—J'ai réfléchi, dit le marquis, et je refuse. Tant qu'il n'a été question que de mon bonheur, j'ai pu céder; mais Jeanne, madame, est plus que moi-même, c'est la seule part de ma vie que vous n'ayez point flétrie. Ce mariage ne se fera point contre sa volonté.

—Je ferai ce mariage malgré vous!

—Je vous en défie, madame. Mon titre de père me donne une autorité que je maintiendrai. Rien ici ne peut avoir lieu sans mon consentement; je suis le maître, le maître, entendez-vous? Ah! parce que ma tête s'est affaiblie dans l'isolement que vous m'avez fait, parce que je vous ai laissée longtemps me fouler aux pieds, vous croyez peut-être que j'ai oublié mes droits? mais pour me garder soumis il ne fallait pas toucher à cette enfant. Elle est venue pleurer dans mes bras en parlant de mort, de couvent, et ses pleurs m'ont rendu la force! Jusqu'ici j'ai souffert à l'écart, en silence; j'ai mieux aimé la douleur que le combat; mais le courage que je n'ai pas eu pour moi, je l'aurai pour elle. Sur le salut de votre âme, ne touchez point à Jeanne, car je suis son soutien, son tuteur, et je saurai la défendre!

En parlant ainsi, il serrait la jeune fille contre sa poitrine, tout tremblant d'émotion. Ses cheveux blancs semblaient s'agiter sur son front élargi. Sa taille s'était redressée; on eût dit qu'une force surhumaine était descendue dans ce corps brisé et qu'une âme longtemps cachée venait d'y faire une subite explosion.

Madame de Solange resta immobile. Cette révolte d'un homme si longtemps soumis à ses volontés était un prodige dont elle fut un instant comme intimidée; mais elle revint vite de sa stupeur.

—A la bonne heure! dit-elle d'un accent implacable et les yeux étincelants; c'est une lutte entre nous que vous appelez?[64] Je l'accepte! Jusqu'à présent j'avais cru pouvoir ménager un vieillard en enfance; j'avais laissé, par bonté, à un fantôme l'apparence du chef de la famille; mais il devient rebelle et dangereux: je saurai lui arracher cette apparence de droit dont il veut abuser! Vous vous dites le tuteur de cette enfant, monsieur? Dans quelques jours, vous en aurez un vous-même!

—Ah! madame! s'écria Jeanne en s'élançant les mains jointes vers la marquise.

Celle-ci la repoussa.

—Laissez-moi, dit-elle, vous avez voulu combattre, nous combattrons! Que cet esprit si prompt à proclamer vos droits tâche de les défendre. Nous verrons comment il soutiendra l'humiliant examen de ses juges. Je ne vous demande plus votre signature, monsieur, je n'en aurai bientôt plus besoin; un contrat se passe de la signature d'un interdit.[65]

A mesure que madame de Solange parlait, l'exaltation du vieillard semblait s'évanouir; le feu de ses regards s'était éteint, son front avait pâli, ses bras étaient retombés immobiles; on eût dit que cette âme, poussée un instant hors d'elle-même, reconnaissait la voix de son maître et rentrait insensiblement dans sa craintive obéissance. Mais, au dernier mot prononcé par la marquise, il poussa une exclamation d'épouvante.

—Interdit! balbutia-t-il, moi! Je ne veux pas de juges! Moi, répondre comme un criminel! Non, non! Je ne me défendrai pas! Vous ne ferez pas cela... par honneur... par pitié... Interdit! J'aime mieux mourir, madame, laissez-moi mourir!

Des larmes étouffèrent sa voix; il chercha son fauteuil à tâtons et s'y laissa tomber en chancelant.

—Mon père! ô mon père! s'écria Jeanne en le recevant à demi dans ses bras.

—Pas interdit! pas de juges! balbutia le vieillard. Et il s'évanouit.

V.

Huit jours s'étaient écoulés et tout semblait rentré dans le calme à l'hôtel de Solange; seulement ce calme avait quelque chose de lugubre. Depuis la scène que nous venons de rapporter, le bruit de la folie du marquis s'était sourdement répandu, sans qu'on pût la vérifier, car tous les services qui eussent conduit les valets près de son appartement avaient été interrompus par ordre de la marquise, et toutes les rumeurs susceptibles d'y parvenir sévèrement défendues. La vie semblait s'être brusquement retirée de cette partie de l'hôtel, et, à voir ces portes closes, ces contrevents soigneusement fermés, à travers lesquels glissait la lueur d'une lampe, on eût dit une de ces chambres consacrées au cercueil d'un mort.

Les défenses de la marquise s'étaient étendues jusqu'à Jeanne; toutes les prières de celle-ci pour qu'on lui permît de voir son père avaient été inutiles.

Ainsi privée du seul appui et de la seule consolation qu'elle pût invoquer, la jeune fille avait passé ces huit journées dans les larmes. A la douleur que lui causait la séquestration du vieillard, dont elle s'accusait d'être cause, venaient se joindre toutes les angoisses d'un amour sans espoir. Où était Jérôme, et que contenait sa lettre tombée au pouvoir de la marquise? Avait-elle pu le faire connaître? Ne l'exposait-elle point à quelque odieuse persécution? Que pensait-il du silence de Jeanne? Il l'accusait peut-être d'ingratitude ou d'oubli; il prenait quelque résolution fatale! Et nul moyen de l'avertir! La jeune fille appelait en vain à son secours toutes les imaginations de la douleur et de l'amour: la surveillance muette de sa mère l'entourait comme un réseau. Son esprit allait se heurter de tous côtés à l'impossible.

Alors venaient des désespoirs sans fin. Vaincue par la souffrance, elle allait jusqu'à regretter cet amour qui avait été si longtemps pour elle comme un soleil intérieur; elle demandait à Dieu cette nuit des cœurs froids et des méchants, puisque ceux-là seuls n'étaient point brisés.

Puis succédaient de profonds abattements! Cessant de se débattre, elle se laissait aller jusqu'au fond de l'abîme, et ne demandait à Dieu que de pouvoir mourir.

Madame de Solange avait suivi toutes les agitations de cette âme bourrelée d'un œil curieux, comme le médecin qui étudie la crise dont il veut profiter. L'exécution de la menace qu'elle avait faite au marquis entraînait avec elle trop de scandale et de danger pour qu'elle s'y arrêtât. Appeler des tiers à son aide, c'était s'exposer à les avoir pour maîtres ou pour ennemis. Elle préféra tout faire sans bruit, briser la résistance du père et de la fille en s'armant contre chacun d'eux de leur commune affection, obtenir enfin que Jeanne renonçât au bonheur, sans violence, et pour ainsi dire par compromis.

Mais elle comprit que pour l'amener là, il fallait d'abord la désintéresser de la vie en lui ôtant toute espérance, afin de profiter de l'espèce d'abandon de soi-même qui accompagne les grandes souffrances. Elle savait, en effet, combien l'abnégation est facile au désespoir, et avec quelle promptitude le premier élan de la douleur nous jette dans le dévouement.

Les circonstances la servirent à souhait pour l'exécution de ses projets.

Un matin l'on vint avertir Jeanne que sa mère la demandait. La marquise, qui se trouvait dans sa bibliothèque avec maître Durocher, fit signe à la jeune fille de passer dans sa chambre et de l'attendre. Celle-ci obéit; mais la vue du notaire l'avait saisie; elle pensa qu'il avait été appelé pour son mariage, dont madame de Solange ne lui disait rien depuis huit jours, et que son sort se décidait peut-être dans cet entretien. Poussée par une inquiétude curieuse, elle s'approcha doucement de la portière de tapisserie qui séparait la chambre de la bibliothèque, et prêta l'oreille.

Elle ne put d'abord saisir que quelques paroles confuses, et elle allait se retirer lorsqu'elle s'aperçut que maître Durocher s'était levé; la marquise le reconduisait,[66] et tous deux se rapprochèrent.

—Il est donc bien entendu, disait madame de Solange, que vous allez presser la rentrée des cinquante mille livres destinées à M. de Lanoy.

—Je ferai mes efforts, répondit maître Durocher.

—Et vous m'avertirez du résultat de vos démarches?

—Je vous le promets.

Tous deux étaient arrivés près de la portière; la marquise s'arrêta.

—A propos, dit-elle en souriant, et cet amas de vieux titres qui m'ont été envoyés dernièrement de province?

—Il faudrait les examiner, répondit le notaire; mais le temps me manque.

—Que ne confiez-vous cette besogne à vos clercs? vous en avez d'habiles.

—J'en avais un, répondit Durocher en secouant la tête; je vous l'ai même envoyé plusieurs fois.

—Envoyez-le-moi de nouveau.

—Plût à Dieu[67] que je le pusse, madame la marquise! mais Jérôme Bouvart n'est plus chez moi.

—Comment cela?

—Je l'ai perdu par suite d'un fol amour.

—Dont vous connaissez l'objet? interrompit vivement madame de Solange.

—Non, madame la marquise, mais dont j'ai constaté les tristes résultats. Depuis près de deux mois Jérôme était chaque jour plus sombre et il lui échappait parfois des paroles lugubres...

—Enfin?

—Enfin, il y a huit jours qu'il a subitement disparu.

—Et vous ignorez ce qu'il est devenu?

—J'ai peur de le savoir, au contraire. Soupçonnant quelque, acte de désespoir, j'ai pris des informations, et j'ai appris des bateliers qu'un garçon de l'âge et de la tournure de Jérôme avait été aperçu le soir sur le pont de la Tournelle.[68]

—Se peut-il?[69]

—Ils l'ont vu se promener près du parapet, d'un air égaré, jusqu'à la nuit.

—Et alors?

—Alors, madame la marquise, ils croient avoir entendu la chute d'un corps dans la rivière.

Un cri déchirant et étouffé interrompit maître Durocher; il se détourna étonné et regarda madame de Solange; mais celle-ci avait feint de ne rien entendre: elle ouvrit la porte de la bibliothèque.

—J'attendrai que vous ayez remplacé ce jeune homme, dit-elle avec un calme souriant. Au revoir, maître, et portez-vous bien.

Le notaire sortit.

A peine eut-il tourné le corridor, que madame de Solange courut à sa chambre, et soulevant la portière, elle aperçut Jeanne étendue sans mouvement sur le parquet.

La douleur qui saisit la jeune fille au sortir de son évanouissement amena une fièvre délirante dont la marquise elle-même fut effrayée. Cette âme, fermée à toutes les affections, n'avait pu soupçonner la force du coup qu'elle portait à Jeanne; elle en demeura saisie, non de remords, mais d'épouvante. Avec Jeanne périssaient les dernières espérances d'élévation qui frappaient son orgueil. La vie de Jeanne lui devint plus précieuse que la sienne même, et cette vanité à l'agonie montra toutes les angoisses de la tendresse. L'ambitieuse pleura des larmes de mère.

Assise au chevet de sa fille, elle épiait ses mouvements, écoutait son souffle, interrogeait les teintes les plus fugitives de son front brûlant. Tous les secours de l'art furent appelés, tous les soins prodigués. Enfin la nature vainquit la douleur même: Jeanne se rétablit.

Pendant que l'état de la jeune fille avait inspiré quelque inquiétude, madame de Solange avait soigneusement évité tout ce qui eût pu lui rappeler le mariage projeté; mais dès que ses craintes furent dissipées, elle songea à presser, l'accomplissement de son projet.

Semblable à un accusé que l'on arrache à la mort pour le conserver aux tortures du bourreau, Jeanne ne revenait à la santé que pour subir de nouvelles persécutions. Le retour du comte de Lanoy, que ses affaires avaient appelé en Bourgogne, était prochain et devait la trouver prête à obéir. Madame de Solange eut recours à toute l'énergie de sa volonté pour soumettre cette âme affaiblie.

Hélas! la maladie et le désespoir y avaient laissé peu d'éléments de résistance, et désormais, sans intérêt au monde, elle ressemblait à une barque qui a perdu son point d'attache et flotte impuissante à toutes les vagues.

Cependant, bien qu'elle partageât l'erreur de M. Durocher, et qu'elle crût à la mort de Jérôme, dont la disparition était l'ouvrage de sa mère, son souvenir lui restait, et elle voulait demeurer fidèle à ce doux fantôme. Mais la marquise savait le moyen de vaincre ses derniers scrupules; elle avait déjà réussi à lui ôter la force en lui ôtant l'espoir; il ne restait plus qu'à lui présenter la soumission comme un sacrifice nécessaire.

Depuis sa convalescence, la jeune fille avait plusieurs fois demandé à voir son père. Cette faveur lui fut enfin accordée.

Ce fut Baptiste qui introduisit Jeanne chez le marquis. Les volets y étaient soigneusement fermés et une lampe de nuit y répandait seule sa douteuse clarté. Mais lorsque les yeux de la jeune fille se furent accoutumés à la demi-obscurité qui y régnait, elle ne put retenir un cri de surprise à l'aspect sombre et dévasté de l'appartement.

Les rideaux, les meubles et les tableaux avaient été enlevés. Une tapisserie, dont les personnages livides semblaient vaciller à la vague lueur de la lampe, garnissait seule la muraille et leur donnait un aspect encore plus sombre. Le bruit des pas de la jeune fille, amorti par un double tapis, n'avait point sans doute été entendu du vieillard, car il resta immobile. Jeanne s'approcha de son lit sans rideaux et put le contempler avec un douloureux saisissement.

Il était étendu, la tête nue, les yeux fermés et les mains jointes; ses cheveux sans poudre tombaient épars sur ses joues creuses, de longues veines bleuâtres traversaient son front pâle, et ses lèvres desséchées laissaient échapper un souffle entrecoupé.

La jeune fille joignit les mains et se glissa à genoux près du lit. Ce mouvement parut tirer le marquis de sa torpeur. Il rouvrit les yeux, souleva la tête et aperçut Jeanne.

Celle-ci saisit une de ses mains, qu'elle couvrit de pleurs et de baisers.

—C'est moi, mon père, dit-elle; ne me reconnaissez-vous point?

Le vieillard la regarda fixement; puis, dégageant la main qu'elle tenait:

—Interdit! murmura-t-il. Plus de soleil... plus de bruit... plus rien!...

—Mon père! s'écria Jeanne épouvantée en se redressant.

Il y avait dans ce cri un effroi si tendre qu'il pénétra jusqu'au cœur du marquis. Il regarda fixement la jeune fille, et un éclair traversa ses yeux.

—Jeanne, dit-il en tendant les bras...

—Oui, mon père, oui, votre Jeanne bien-aimée, reprit la jeune fille; regardez-moi. Oh! que vous êtes pâle, mon Dieu!

—Ils m'ont interdit, répéta le vieillard.

—Ne le croyez pas, mon père.

—Regarde plutôt, murmura-t-il en promenant les yeux autour de lui... Ils m'ont tout ôté, jusqu'à la chambre où je vivais depuis dix années.

—Cette chambre, vous y êtes! mon père.

—J'y suis, dis-tu, folle! Où sont alors mon grand fauteuil; ma bibliothèque, les portraits de ma famille, la pendule d'écaille[70] que j'aimais à entendre sonner la nuit! Non! non! Ils ont mis cette grande tapisserie pour me tromper; mais ceci est une tombe, vois-tu. Fais attention en sortant, et tu liras mon nom au-dessus. Ils m'ont descendu au cercueil tout vivant, Jeanne, parce que j'étais interdit.

—Oh! mon père, mon père! revenez à vous!

—Regarde plutôt, ajouta le marquis en montrant avec une honte presque féminine ses cheveux défaits et son linge souillé, ils m'ont refusé jusqu'aux soins de chaque jour; je ne suis plus pour eux qu'un cadavre.

Et comme si une pensée d'orgueil traversait son affliction:

—Mais il n'importe, continua-t-il d'un ton de triomphe, j'ai refusé de signer, Jeanne. Ah! ah! ah! elle croyait me faire céder comme autrefois, mais pour toi j'aurais résisté à Dieu. Ne crains pas, va, Jeanneton; qu'elle vienne encore, eût-elle la mort avec elle, je répondrai comme avant: Je refuse! je refuse! je refuse!

—Mon père, s'écria Jeanne éperdue, oh! mon père, c'est moi qui suis cause de tout! Si j'avais obéi, vous seriez encore libre et heureux. Mais vous ne pouvez rester ici, mon père; il faut que vous quittiez ce cachot; vous en avez le droit. Venez!

-Tais-toi, dit le vieillard, dont la préoccupation n'était déjà plus la même; tais-toi; c'est l'heure où il va paraître.

—Qui cela mon père?

—Plus bas! plus bas! Il y a un Dieu même pour les interdits, vois-tu. Ils ont cru m'ôter la vue du soleil; mais il me visite malgré eux chaque jour.

—Que dites-vous?

—Regarde de ce côté, sous cette croisée: un rayon s'y glissera bientôt... Il ne brille qu'un instant, mais il revient tous les jours et je compte les heures en l'attendant. Grâce à lui je sais qu'il y a encore un soleil sur la terre. Mais surtout n'en dis rien à ta mère, Jeanne, n'en parle à personne; ils m'ôteraient mon rayon.

—O mon père! dit la jeune fille attendrie, vous souffrez donc bien de votre captivité!

—Si je souffre! ah! tu ne sais pas ce que c'est que cette nuit et ce silence éternels! Il y a des instants où je doute de ma vie et où ce lit me paraît un cercueil. Oter ses habitudes à un vieillard, vois-tu, c'est comme si l'on voulait changer son cœur de place. Je me cherche moi-même au milieu de cette dévastation. Ils m'ont enlevé tout ce que mon œil connaissait, tout ce qui me rappelait quelque chose. En vidant cette chambre, ils ont vidé ma mémoire; je ne me souviens plus, je ne désire plus, je cherche le monde autour de moi sans le trouver.

—Se peut-il, ô mon Dieu!

—Oh! si je pouvais sortir, reprit le vieillard d'un ton plaintif; une heure... une minute!... Jeanne, ne peux-tu me délivrer sans qu'ils le sachent? Le temps seulement de voir le ciel, d'entendre les oiseaux, de sentir un peu d'air dans mes cheveux. Jeanne, faudra-t-il donc mourir au fond de ce sépulcre?

Il avait les mains jointes et sanglotait comme un enfant. La jeune fille éperdue se jeta dans ses bras.

—Non, mon père! s'écria-t-elle suffoquée de larmes, on vous rendra la liberté, vous verrez le jour.

—Quand cela?

—Sur-le-champ, mon père!

Elle s'était élancée vers la sonnette, dont elle tira vivement le cordon. La porte s'ouvrit, et madame de Solange parut.

—Que mon père soit libre, madame, s'écria la jeune fille en courant vers elle, je consens à épouser M. de Lanoy.

. . . .

Huit jours après, les cloches de Saint-Louis[71] sonnaient à pleines volées et une longue file de carrosses assiégait la porte de l'église. On y célébrait le mariage du comte avec mademoiselle de Solange.

Près de l'autel se tenait le marquis, en habits de fête, regardant la foule parée, respirant l'odeur de l'encens et écoutant le chant des orgues d'un air ravi.

L'union prononcée, au moment où le prêtre se retirait, Jeanne se leva chancelante et comme égarée; mais ses yeux, en se promenant autour d'elle, rencontrèrent le vieillard; elle s'élança vers lui par un mouvement pour ainsi dire désespéré, et, se jetant dans ses bras:

—Réjouissez-vous, mon père, s'écria-t-elle; désormais vous serez heureux.

De retour à l'hôtel, les nouveaux époux trouvèrent le notaire qui apportait à signer des quittances et actes additionnels. A cette vue les deux familles se séparèrent, par l'instinct de leurs intérêts opposés; les politesses réciproques cessèrent pour faire place à une gravité contrainte, et l'on s'assit, comme des ennemis en présence qui vont discuter les conditions d'un traité.

Maître Durocher commença à lire les différentes pièces de ce ton endormeur dont sa longue expérience lui avait donné l'habitude. Il savait que peu de patiences pouvaient tenir à la monotonie d'une pareille lecture, et que l'ennui, en rendant les auditeurs moins attentifs, épargnait de dangereux débats. Mais, ni la fatigante lenteur du débit ni l'obscurité de la rédaction ne purent lasser la marquise: elle fit éclaircir plusieurs passages et exigea le retranchement de quelques articles dont elle parut craindre les conséquences. Le comte consentit à tout avec cette nonchalance impertinente qui semble mépriser les détails. Quant à Jeanne, muette, insensible et une main dans celle de son père, elle avait écouté sans entendre et approuva sans avoir compris.

La lecture venait de finir, et le jeune homme dont maître Durocher s'était fait accompagner recueillait les signatures des deux familles; le notaire se trouva près de madame de Solange.

—Vous avez enfin un nouveau clerc? demanda celle-ci, sans songer à ce qu'elle disait et seulement pour échapper à l'embarras du silence.

—Oui, madame, répondit Durocher; mais je ne désespère point de retrouver l'ancien.

—Comment? dit la marquise en tressaillant.

—Le cadavre du jeune homme que les bateliers ont entendu tomber dans la Seine a été retrouvé.

—Eh bien?

—Ce n'était pas celui de Jérôme.

Jeanne, qui écoutait palpitante, se leva en poussant un cri.

—Tout le monde a signé, maître Durocher, dit la marquise vivement.

Et pendant que le notaire réunissait les actes elle saisit la main de Jeanne, et, la forçant à s'asseoir:

Remettez-vous, madame de Lanoy, dit-elle, votre mari vous regarde!

. . . .

Le marquis de Solange mourut peu après, et avec lui eût disparu le dernier intérêt que Jeanne conservait dans le monde, si elle ne fût devenue mère. La marquise et le comte, qui poursuivaient de concert leurs plans ambitieux troublaient rarement sa solitude; la jeune femme chercha dans ses nouveaux devoirs et dans la piété des consolations qu'elle eût en vain demandées ailleurs.

Cependant les événements ne tardèrent pas à déjouer tous les projets de madame de Solange. Il ne fut bientôt plus question pour la noblesse de conquérir une plus haute position, mais de conserver celle qu'elle occupait; la révolution commençait!

Le comte, qui avait renoncé aux idées philosophiques dès qu'il avait craint de les voir appliquer, fut un des premiers à invoquer l'appui de l'étranger pour arrêter le mouvement. Chargé par les princes d'une mission secrète, il partit pour l'Allemagne, laissant Jeanne avec la marquise que les déceptions avaient enfin vaincue, et dont les facultés affaiblies s'éteignaient chaque jour.

La jeune femme, au contraire, ne reçut aucune atteinte de ces agitations publiques auxquelles elle demeurait étrangère. Telle on l'avait vue quitter l'autel, après son mariage, belle, dévouée, douloureuse, telle on pouvait la voir encore. L'éternelle jeunesse de son âme avait passé sur ses traits: on eût dit[72] une fleur cueillie dans sa première fraîcheur et conservée, par quelque magique puissance, aussi suave et aussi pure.

Elle revenait un jour du quartier Saint-Marceau,[73] où l'avait appelée une de ces bonnes œuvres qu'elle accomplissait avec toutes les grâces du cœur; son carrosse allait traverser la place de l'Hôtel-de-Ville,[74] lorsqu'il fut subitement arrêté par une foule immense qui s'avançait en poussant des cris de triomphe; madame de Lanoy se pencha vers la glace et demanda au cocher ce qu'il y avait.

—C'est le peuple qui vient de prendre la Bastille,[75] madame, répondit le laquais tremblant.

Dans ce moment une troupe d'ouvriers s'approcha du carrosse, et l'un d'eux ouvrit brusquement la portière. A l'aspect de Jeanne si belle et si triste, il recula involontairement et se découvrit.

—Que voulez-vous? demanda la comtesse, d'une voix douce.

—Pardon, madame, balbutia l'ouvrier, mais un des prisonniers que nous avons délivrés vient de s'évanouir.

—Qu'il vienne! s'écria vivement Jeanne; il y a place ici pour lui.

Ceux qui portaient le mourant s'approchèrent alors et le déposèrent dans le carrosse.

La comtesse avait rejeté l'écharpe de soie dont elle était entourée, et aida elle-même à le placer à ses côtés, mais, dans ce mouvement, le tapis qui enveloppait le prisonnier s'entr'ouvrit et permit de le voir. Jeanne ne put retenir un gémissement à l'aspect de ce visage qui n'avait conservé rien d'humain.

Le mourant parut l'entendre, car ses paupières se soulevèrent, ses yeux se rouvrirent lentement et restèrent fixés sur madame de Lanoy.

—Vous souffrez bien? demanda celle-ci d'une voix que les larmes rendaient tremblante.

Les traits du prisonnier s'animèrent; il agita ses lèvres, et, faisant un effort:

—Jeanne! murmura-t-il d'un accent confus.

-Vous savez mon nom, dit madame de Lanoy surprise.

—Jeanne! répéta le prisonnier en étendant les mains vers la comtesse.

—Qui êtes-vous? s'écria celle-ci éperdue et les regards fixés sur le prisonnier dans une angoisse de doute impossible à exprimer.

—Jérôme! balbutia le mourant.

Madame de Lanoy poussa un cri horrible et tomba à genoux devant le prisonnier. Celui-ci se redressa sur son séant,[76] et, laissant aller ses deux bras sur les épaules de la comtesse.

—Jeanne! reprit-il, je t'ai revue! Dieu est bon!

A ces mots il retomba en arrière. La comtesse se pencha sur lui, éperdue; mais, épuisé par de trop longues souffrances, il n'avait pu résister à cette dernière émotion... La joie l'avait tué.

Ce coup inattendu abattit le courage de madame de Lanoy, et la jeta dans une sorte de morne désespoir dont l'amour maternel lui-même ne put la tirer. Lorsque la tourmente révolutionnaire grandit, elle refusa de quitter Paris, où son nom devait d'autant plus sûrement la compromettre, que l'on savait le comte en Vendée[77] et les armes à la main; aussi fut-elle arrêtée avec la marquise, alors tombée en enfance. Traduites toutes deux devant le tribunal révolutionnaire, elles furent condamnées à mort et exécutées le neuf thermidor.[78]

NOTES.

I.

—1. **Sac à procès**, lawyer's bag or satchel.

—2. The **livre** was the standard of value in France until 1795, when it was replaced by the **franc** of nearly equal value.

—3. **The Duke of Choiseul** (1719-1785), a celebrated French statesman, was prime minister under Louis XV.

—4. **suite**, *perseverance*.

—5. **la guerre d'Amérique**. The war between the English and French for the possession of North America (1752-1760) is referred to.

—6. **prêteur sur gages**, pawn-broker.

—7. His thoughts and passions were mild like the light of the moon.

—8. **Sisyphe**, *Sisyphus*, a well-known character in mythology.

—9. **Je m'en doutais**, *I suspected it*.

—10. Voltaire in "Discours en vers sur l'homme."

—11. **on peut s'en trouver bien tant que**, *one may fare well enough as long as, etc.*

—12. **termes de basoche**, legal phraseology. *La basoche* was, an association of lawyers' clerks.

—13. **Se dérangerait-il**, *Could he be behaving badly?*

—14. The "Trappists" were a religious order whose rules prescribed perpetual silence except in case of necessity.

—15. **la Visitation**, a celebrated convent in the southern part of Paris.

II

—16. **Amours**, *Cupids*.

—17. **Sardanapalus**, king of Assyria, noted for his voluptuousness and effeminacy.

—18. **Madame de Pompadour**, a favorite of, Louis XV. From 1745 to her death in 1764, her influence over the king was unbounded.

—19. **caisses d'orangers**, boxes in which orange-trees were planted.

—20. **crêpés**, *frizzled*.

—21. **tirés**, *drawn up*.

—22. **roses**, rose-diamonds.

—23. **Watteau**, a celebrated French painter (1684-1721).

—24. **demi-science mondaine**, *partial knowledge of the world*.

—25. **Voltaire**, one of the most celebrated French writers (1694-1778).

—26. **pension**, *allowance*.

—27. **ne doit point te suffire**, can't be sufficient for you.

—28. **ce serait (vous)**, *could it be you (that has taken it)?*

—29. **blondeur**, *paleness*.

—30. **quel qu'il soit**, *whoever he maybe*.

—31. **en faites justice**, *condemn it*.

—32. **il se fera == il sera fait**.

—33. **fusse-je == si j'étais**.

—34. **agonie == mort**.

III.

—35. **en fit le tour**, *went around it*.

—36. **Périgord**, a province in the South of France, corresponding to the present Department of the Dordogne.

—37. "Having as many quarters" (in the shield) is equivalent to saying that they had as long a line of ancestors.

—38. The Montmorencys were already celebrated in French history in the middle of the tenth century.

—39. **gentilshommes**, pronounced *jantizome*.

—40. **messe du roi** was a mass in which the king took part.

—41. **Marie Antoinette**, wife of Louis XVI., beheaded in 1793.

—42. **office en musique**, a mass in which the *Kyrie*, the *Gloria*, the *Credo*, the *Sanctus* and the *Agnus Dei* were sung wholly or in part.

—43. **on eût dit d'un enfant tenté == on aurait dit que c'était**, etc.

—44. **que**, *whether*.

—45. **le tabouret** was a stool on which duchesses were permitted to sit in the presence of the king.

—46. **Louis XI.**, king of France, reigned from 1461 to 1483.

—47. **fallût-il**, *even if it were necessary*.

—48. **présentateur**, *introducer*.

—49. The **Princess of Lamballe** was a friend of queen Marie Antoinette. She was killed in the massacres of September, 1792.

—50. **brevet**, *patent of nobility*.

—51. **débraillé**, *indifference*.

—52. **projet d'acte**, *rough draft of the contract*.

—53. **en**, *by her*. This pronoun usually refers to things, not to persons.

—54. **espagnolette**, *window-fastening*.

—55. **Bastille**, a celebrated castle or fortress at Paris, built in the latter part of the XIV. century; long used for the confinement of prisoners of state; destroyed by the Revolutionists, July 14, 1789.

—56. **Philemon and Baucis**, in Greek mythology, a husband and wife noted for their mutual affection.

—57. **lettres de cachet** (*sealed letters*), warrants for imprisonment given out by kings of France before the Revolution. The favorites of the king often obtained them signed in blank, and could then insert the name of anyone whom they disliked or wished to put out of the way.

—58. **ne fût-ce que**, *were it only*.

—59. **j'en fais cas comme d'une prise de tabac**, *I don't consider them of more consequence than a pinch of snuff*.

IV.

—60. **tu ne devais pas le savoir**, *you were not to know it*.

—61. **tu ne m'en veux pas**, *you are not angry with me, are you?*

—62. **vous n'avez pas conscience**, *you are not conscious*.

—63. **veuillez**, *please*.

—64. **appelez**, *are calling up*.

—65. **un contrat se passe de la singature d'un interdit**, *a contract is valid without the signature of an idiot.* An "*interdit*" is one who is prohibited by law from having charge of his own property.

V.

—66. **le reconduisait**, *was seeing him out.*

—67. **Plût à Dieu**, *would God.*

—68. **Le pont de la Tournelle** connects the isle of St. Louis with the mainland on the south.

—69. **se peut-il**, *can it be?*

—70. **pendule d'écaillé**, *tortoise-shell clock.*

—71. **Saint Louis**, the church of St. L. is on the island of the same name in the river Seine.

—72. **on eût dit**, see note 43.

—73. The **Quartier Marceau** (or Marcel) is south of the Seine, near the "Jardin des Plantes."

—74. **Hôtel de Ville**, *City Hall.* This magnificent structure, begun in 1533, was blown up and burned by the Communists, May 24, 1871. Many valuable works of art were thereby destroyed, as well as the library containing almost 100,000 volumes and many precious public documents, thus causing an irreparable loss.

—75. **Bastille**; see note 55.

—76. **se redressa sur son séant**, *sat upright.*

—77. **La Vendée** is a Department of France, south of the mouth of the Loire. The war of the Vendée, here referred to, was an insurrection of the Royalists of the West of France against the Republic. It was put down by General Hoche in 1796 after a bloody struggle of three years.

—78. The **ninth Thermidor** (July 27, 1794) was the day of Robespierre's fall, thus ending the " Reign of Terror."

www.ingramcontent.com/pod-product-compliance
Ingram Content Group UK Ltd.
Pitfield, Milton Keynes, MK11 3LW, UK
UKHW041444200225
455358UK00011B/231